KB183263

광찬한 사랑 정성이
항상 감사드립니다!

GARBAGE TIME

DASAN
COMICS

매일매일 새로운 재미, 가장 가까운 즐거움을 만듭니다.

한국을 대표하는 검색 포털 네이버의 작은 서비스 중 하나로 시작한 네이버웹툰은 기존 만화 시장의 창작과 소비 문화 전반을 혁신하고, 이전에 없었던 창작 생태계를 만들어왔습니다. 더욱 빠르게 재미있게 좌충우돌하며, 한국은 물론 전세계의 독자를 만나고자 2017년 5월, 네이버의 자회사로 독립하여 새로운 모험을 시작하였습니다.
앞으로도 혁신과 실험을 거듭하며 변화하는 트렌드에 발맞춘, 놀랍고 강력한 콘텐츠를 만들어내는 한편 전세계의 다양한 작가들과 독자들이 즐겁게 만날 수 있는 플랫폼으로 거듭나고자 합니다.

#**16**

가비지타임

글·그림 **2사장**

GARBAGE TIME

CONTENTS

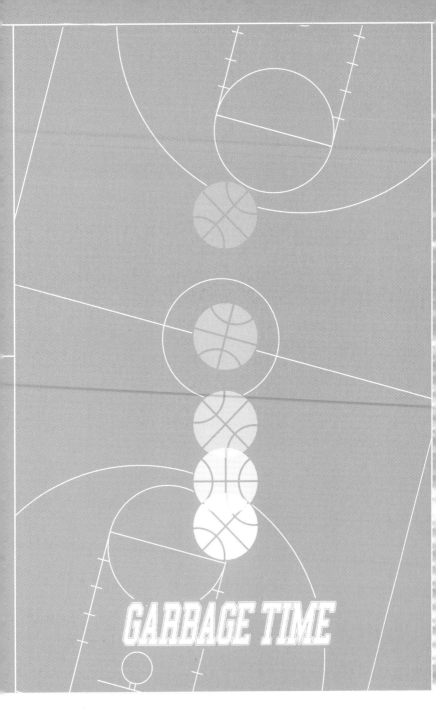

GARBAGE TIME

SEASON-4 12화

GARBAGE TIME

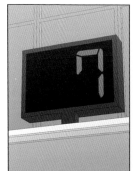

2쿼터 공격을 거의 혼자서 다 하고 있어!

준수!

더블팀 타이밍 빨라!

완전
열렸다!

주저 없이
3점!

농구에
그런 말이 있지.

이론상

가장 완벽한
수비 방식은
맨투맨디펜스다.

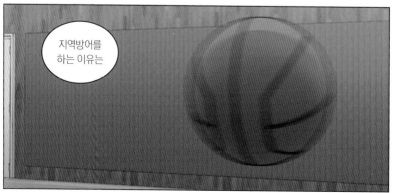

지역방어를
하는 이유는

굿샷.

총체적
난국인데…

스텝백!

점퍼!

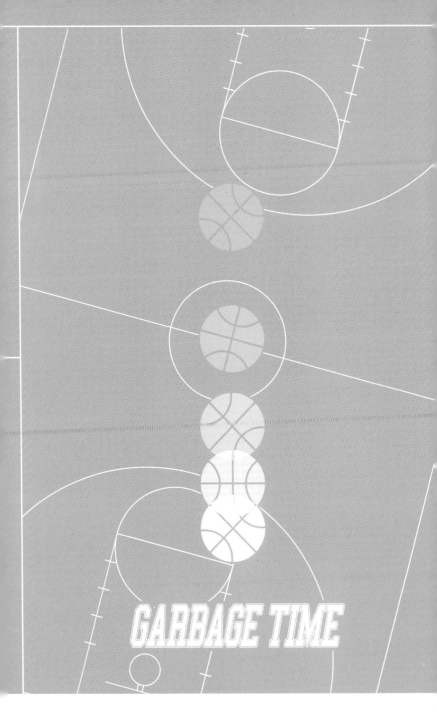
GARBAGE TIME

SEASON-4 13화

GARBAGE TIME

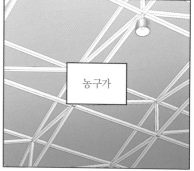

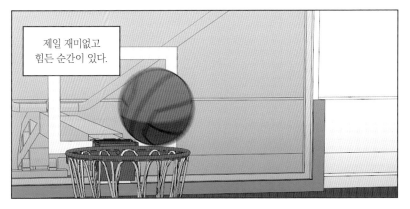

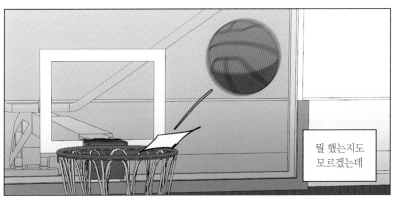

계속 백코트만
하고 있는 것 같은
기분이 들 때.

체력도

00 : 00
장도고　　지상고

정신력도

같이
갈려나간다.

00 : 00

장도고   지상고

2

47 : 27

이야…
이거

실력 차가
생각보다
훨씬 큰데?

지상고 4분 동안
2득점이 뭐야?

졌잘싸도
안 되겠네, 이건.

50

코치의 역량이
결과에 영향을 끼칠 수 있는
수준의 경기가 아냐.

너무
자책하지 마라,
현성아.

......

......

......

감독님.

이기려면

어떻게
해야 돼요?

…
일단은

……

크흠

무슨 말이든
꺼내야 하는데.

머뭇거리면

안 되는 건데.

아까 누가…

누가
가비지타임이라
했노!?

아재요!
거 말 함부로
하지 마소!

엥?
나 아닌데?

가비지타임이
뭔지 알지도
못하면서…

쳇

니들은
제대로 아나?

가비지타임이
뭔지.

승패가
사실상 결정된
시간대에…

아니,
그러니까

그 승패가 사실상
결정되는 시간이
언제인지 아느냐고?

시간 내에 점수 차를
극복하는 게 물리적으로
불가능해졌을 때?

그건 아닐걸?

상대편 인바운드 패스
인터셉트한 다음에
3점 바로 떤지면은
1초도 안 걸려가 3점.

이래 1분 반복하면은
이론상 수십 점, 백 점도 넘게
넣을 수 있는데
당연히 현실적으론
말도 안 되는 소리고

실제로 흔히들 생각하는
가비지타임은
그보다 훨씬 빨리 시작된다.

2분 남은 시점에서 십몇 점 차,
한 쿼터 남았는데 20점 차,
이 정도 타이밍에 말이지.

그래서!

가비지타임이 대체 언제 시작되는 긴데?

―라는 물음에 누가 그러더라고.

'지고 있는 팀 감독이 주전을 싹 다 빼버리고 교체 선수를 투입했을 때.

그게 농구에서의 항복 선언이다.'

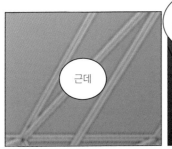

그러니까

지금부터
내 하는 말
잘 들으래이.

한 방엔
무리더라도

한 걸음씩
따라붙어서

역전하게
해줄 테니까.

SEASON-4 14화

GARBAGE TIME

사실

최종수의 득점을
억제하는 것만큼

장도고의 디펜스를
파훼하는 것 또한
쉽지 않은 일이지.

그나마
다행인 점은

지상고엔 이미
그것을 가능케 할
자원이 있다.

진재유.

그 녀석이라면
가능해.

경기 중에
이것저것 시도하는 걸
보아하니

너도 이미
알고 있겠지만

진재유는
아직도

자신의 능력을
100퍼센트 발휘하지
못하고 있다.

진재유가
자신의 능력을
최대로 발휘할 수 있을 때
비로소

장도고를 상대로
효과적인 공격을
전개할 수 있어.

하지만

그것이 정말로
실현 가능할지는

오로지

진재유 본인에게
달려 있다.

어?

저건…

지상고
일대일 싸인인데?

오!

3쿼터
시작하자마자
일대일?

그래, 지상고
그거야!

기왕 20점 차 난 거
즐겜이라도
하다 가자!

20점 차를
따라잡기 위한
최후의 작전!

그것은…

숫을

다은이랑

득히,
재유.

떤지자…!

재유는 3쿼터
드가자마자
일대일.

인마는 와
기분 나쁘게
한숨이고!?

아니, 뭐 엄청난
작전이라도 있는 줄
알았다고요!

일대일로
어떻게든 숏 하나
직접 꽂아 넣고
산뜻하게 시작하자.

이상.

감독님.

이건 무리예요.

가장 높은
확률이다.

풀업!

숫 페이크
안 속았어!

…!

야 이 멍청아!
그게 되겠냐!?

그런 겉멋 들린
잔기술이 최종수한테
통할 거 같냐고!?

몇 번을
얘기했는데도

아직도
겁을 내고 있구나.

솔직히 말해
재유의 판단은
틀린 적이 없다.

이길 수 있는
상대에겐

개인 능력을
활용하여
적극적으로 공격.

반면,

전영중이
상대였을 땐 준수에게
볼을 몰았다.

우수진을 상대론
슈팅 시도를
확연히 줄였고

결과적으로
옳은 판단이었지.

이번에도
마찬가지였다.

그날의 준수는
누구도 막을 수
없었으니.

거의 슈팅을
시도하지 않았다.

본인이
이길 수 없다고 판단한
이규, 최종수를
상대론

하지만

오늘은 아이다.

상대가
최종수라 해도

오늘은
덤벼들어야 돼.

지금 상황을
바꿀 수 있는 건

재유
니뿐이다.

감독님…

아무리 생각해도
이건 아니에요…!

무리라고요…!

재유 햄.

쫄지 말고 해요.

솔직히 햄이
열 번 연속으로 실패해도
우리 중에 햄한테
뭐라 할 수 있는 사람 없어요.

뭐,

준수 햄은 다르게
생각할 수도 있지만.

개소리하지 마.
찢어버리기 전에.

태성이
점마는…

어디 그런 되지도 않는 막슛을…!

리바…!

?

GARBAGE TIME

SEASON-4   15화

GARBAGE TIME

09 : 24

장도고   지상고

3

47 : 29

구,

굿샷…!

손에 맞고 굴절될
슈팅 궤도까지
완벽히 계산한 슛…!

X팔리니까
그만 좀 해라….

지상고 아다리로
어찌저찌 득점 성공!

헤이.

나이스!

09 : 17

장도고   지상고

3

49 : 29

더블팀 할 틈조차
주지 않고
볼 잡은 지
3초 만에 득점!

득점 자판기야,
자판기!

하
진짜…!

재유 햄이 겨우겨우
득점을 짜내도

내가 최종수를
막지 못하면
아무 의미가 없는데…!

지상고는 대체
무슨 생각인 거지…?

아무리
재유 형이라 해도

딱 한 번만
더 해보자

종수 형이랑
에이스 매치를
고집하는 건

사실상
자멸 행위라고.

재유 형 개인상이라도
밀어주려는 건가?

여기에 대체
무슨 의미가
있는 거지…?

뭐,

아무 의미가
없는 건 아닐 거다.

우왓!?
돌하르,

아니,
감독님!?

안녕하십니까!!!

좀 더 큰 화면이
필요하겠군.

영중이까지
같이 보려면 말야.

시즌 막바지에

겨우 1군 벤치에
앉을 수 있게 됐다.

물론 그럴 만한 자격을
갖춘 건 아니었다.

기량 미달의
3라운드 신인에게

1년짜리 계약이 끝나기 전
데뷔 경기 출전 기록을
만들어주겠다는
구단 차원의 배려였을 뿐.

경기 중 가비지타임이
진행되는대로
출전시켜줄 것을 약속받았지만

공격권 한두 개 차이로 끝나는
경기가 연속으로 나오는 바람에
데뷔전은 계속 미뤄졌고

결국 내 데뷔전은

하필 그날이었다.

앨리웁 떵크!!!

에디 반 엑셀!!!

NBA 출신다운
엄청난 탄력입니다!!!

네.

유력한
신인상 후보다운
플레이입니다.

수 원　　　7.1　　　부 산

71　　　**4**　　　73

이렇게 되면
스피드스터스는
다음 공격을 반드시
성공시켜야 하는
상황인데요.

사실상
플레이오프 진출팀을
결정짓는 중요한 경기란
말이죠.

스피드스터스의
작전타임입니다.

준비됐어?

현성이.

ㅇ, 예?

저요…?

그래, 인마.

당황스러웠지만
긴장되진 않았다.

그야 남은 시간
7.1초에 2점 차로
뒤지고 있는 상황이니….

3점을 던져
역전을 노린다면
팀 최고참인 민웅이 형.

2점을 노린다면
닉 존스.

패턴상
나는 그다음
순위니까.

사실상 미끼 역할인
나한테까진 안 오겠지.

윤 감독님의
작전은 완벽했다.

슈팅 찬스가

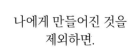

나에게 만들어진 것을
제외하면.

그렇게

내 프로 생활은
끝이 났다.

여기까지
오기 위해서

거의 10년을
농구만 해왔는데

그게 겨우
한 시즌 만에
끝이 났다.

한 시즌도 아니지.
플레이오프에 가지 못했으니
6개월…

6개월도 아니다.
한 경기지.

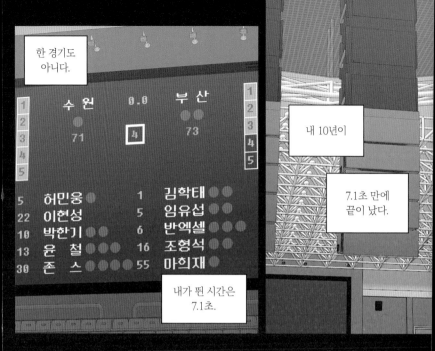

한 경기도 아니다.

수 원 　0.0　 부 산

71　　4　　73

5　허민웅 ●
22　이현성
10　박한기 ● ●
13　윤 　철 ● ● ●
30　존 　스 ● ● ● ●

1　김학태 ● ●
5　임유섭 ● ●
6　반엑셀 ● ●
16　조형석 ●
55　마희재 ●

내 10년이

7.1초 만에 끝이 났다.

내가 뛴 시간은 7.1초.

농구 게시판

돌경택 명장병 ㅅㅂ 클러치에 3라신인첫투입!!!ㅋㅋㅋㅋㅋㅋ [4

3라에 ㅈㄸ쓸모없는 중복자원 취직시켜준다고 쳐뽑고 돈낭비

할때부터 알아봤다 역대급 취업률 상승 드래프트 ㅅㅂ [1]

전문슈터롤로 뽑은애 아닌가 왜 저기서 패스를 하지

아니 왜 패스를

쟤 누구임 윤경택 아들임?

까까팬 쏴리질럿!!!! ㅅㅅㅅㅅ

역배ㅅㄲ들 사망선곡ㅋㅋㅋㅋㅋㅋㅋㅋㅋㅋㅋㅋㅋㅋ

심판이 망친경기 조형석 키우려고 벌써부터 슈퍼스타콜 [41]

닉존스 역대급 식물용병이네 반엑셀한테 리바운드 두배차이 ㅋ

오늘자 양팀스탯[12]

허미웃 여자친구 예뻐더라

그렇게 팀은 플레이오프 진출에 실패했고

109

윤 감독님은
팀 성적에 책임을 지고
사퇴했다.

꼴찌 해도
이상할 게 없는 멤버들로
플레이오프 문턱까지 갔으면은
할 만큼 한 거 같은데….

솔직히
말도 안 되죠.

……

궁금한 게
하나 있습니다.

이미 시즌 막바지에…
더 늦어졌다간
데뷔전을 장담할 수 없는
상황이었고

뭣보다
민웅이 다음으로
3점 성공률이 좋았던 게
현성이 너였으니.

주전 멤버가
나이가 많은 편이라
연장전은 피하고
싶었거든.

물론 프로 1군 수준의
디펜스 상대로 쌓은
성공률이 아니기에
계속 투입을 주저했었지만…

뭐 어쨌건,

그때 내 결정에
후회는 없다.

사람의 눈에 보이는 건
숫자뿐이거든.

그렇기에
난 언제나 숫자만을
믿을 수밖에 없고

숫자만이 내 결정의
근거가 될 수 있다.

하지만

패배할 때마다
뼈저리게
느끼는 것이 있다.

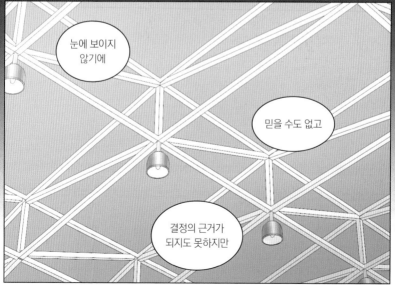

눈에 보이지
않기에

믿을 수도 없고

결정의 근거가
되지도 못하지만

SEASON-4　16화

GARBAGE TIME

효율성의 관점에서만 보자면

전반전, 최종수를 상대로 직접 득점을 노리지 않은 진재유의 판단은 나쁘지 않았다.

최종수가 고등부 최고의 디펜더라는 데엔 이견이 없으니까.

하지만 결과는

2쿼터 종료 시점에 20점 차.

자, 그렇다면

지상고의 공격이 풀리지 않는 원인이 무엇인가?

그리고 그 볼 핸들링을
이용한 돌파로 상대 팀 수비를
자신에게 집중시킨 후
패스를 뿌리는 것.

진재유의 장기는
볼 핸들링.

하지만

오늘 경기에서
진재유의 패스는

패스를 받는 팀원이
수비수를 떼어놓지
못한 상황에서
볼을 잡게 되는

'죽은 패스'가
대부분.

진재유가 죽은 패스를
뿌릴 수밖에 없는
이유는 무엇인가?

상대 수비를
자신에게 집중시키지
못했기 때문.

수비를 자신에게
집중시키지 못하는
이유는

최종수를 상대로 돌파를 해내지 못했기 때문.

돌파를 해내지 못하는 이유는

최종수가 슛이 아닌 돌파만을 견제하고 있기 때뮤

영중이.

이 정도면

충분한 설명이 됐겠지.

살아 있는 패스를 뿌리고

상대 수비를 자신에게 집중시키고

돌파를 해내기 위해선

볼을 잡은 선수의 기술 수준이 충분한지,

슈팅 성공률이 충분한지도 중요하다만

그 전에 반드시 전제되어야 할 또 '하나'의 조건이 있다.

볼을 잡은 선수가

상대에게

숫을 던지겠다는

의사를 보이는가.

즉,

자신보다
강한 상대를
앞에 두고

슛을
던질 수 있는

'용기'를
지녔는가.

124

그럼 먼저 들어가보겠습니다.

의외로군.

나에게 직접 조언을 구하러 오는 게 쉽지는 않았을 텐데.

빤질이 녀석인 줄로만 알았는데 꽤나 아이들한테 진심인 모양이군.

······

그래서
제 애들은

저처럼은
안 됐으면
좋겠어요.

아이들한테는
아직…

09 : 09

장도고   지상고

3

49 : 31

하이라이트 필름이
많이 남아 있거든요.

132

고작 한 골.

점수 차는
여전하지만

이
'하나'에서부터

지상고의 모든 공격이
시작될 수 있는 거다.

굿샷!

09 : 09

장도고　　지상고

3

추가 자유투
성공!

49 : 32

134

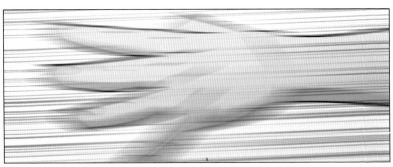

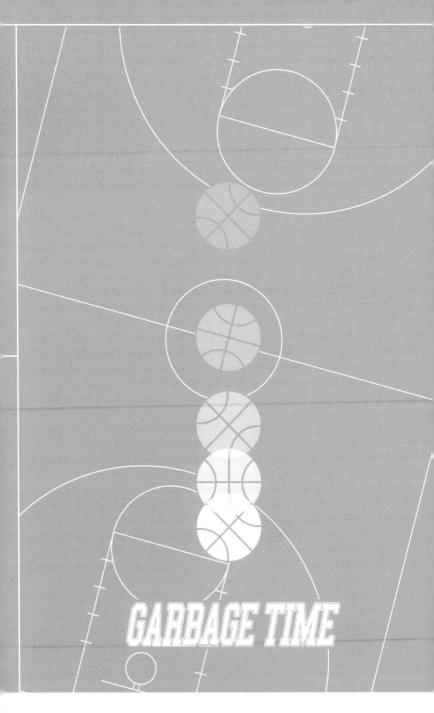

GARBAGE TIME

SEASON-4   17화

GARBAGE TIME

디펜스
파울!

잘 끊었어!

6번 개인 반칙
몇 개째야?

이제 하나
아냐?

파울 관리
잘해놨네.

후반부터
파울 몰아 쓸
작정이구만.

……

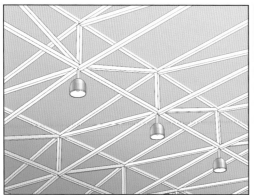

핸드오프!

스, 스위치!

수비 조졌다…!

최악의 미스매치 완성!

망할
후촛가루
자식…

으, 응..?

갑자기…?

역습 찬스!

어…!?

하지만
사이드라인 쪽으로
약간 빠진 패스!

김다은…!

그사이 장도고
재빠르게 백코트!

나이쓰!!!

수비가 자리 잡기 전
빠른 타이밍에
픽앤롤로 득점!!!

```
08 : 45
상도고      지상고
       3
49 : 34
```

수비가 재유 형한테
집중되면서
김다은한테 찬스가
생겼어요.

3쿼터 시작하자마자
재유 형이 굳이
일대일을 계속했던
이유가 이거였네요.

빠르게 어그로를 끌어들이려는 거였어요.

지상고 공격이 연속해서 성공하고 있어.

흐름이 나쁘지 않아.

이제 수비만 제대로 해낼 수 있다면…

근데 약간…

응가 마렵당.

공격 비중
장난 없네.

지치지도
않냐?

뭐,
뭐가 어떻게 된 거야
방금?

돌파 방향 자르는
반응속도가
말이 안 되는데?

뭐 알아낸 거라도
있는 기가…?

조금…

도움이
될지도
모르겠어요.

SEASON-4 18화

GARBAGE TIME

뭔가 3쿼터 들어와서 지상고가 잘 풀리는 느낌인데?

이렇게 큰 차이로 끝나면 재미없지.

잘해봐, 지상고!

야, 야!

왼쪽!

이 대 일 상황!

올라가!

찬스!

블록슛!?

아앗…!

나이스
디펜스!

백코트!

임승대
수비 성공!

이거… 지상고는
이 대 이로 효율 뽑기가
쉽지 않아 보이는데.

그래, 그렇게
수비해야지.

방금처럼
최종수가 진재유를
*오버로 쫓아가면

진재유는 돌파로
선택지가 제한되고

*스크린의 위(바깥)를 지나 핸들러를 쫓는 것.

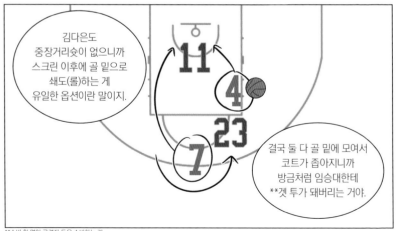

김다은도
중장거리슛이 없으니까
스크린 이후에 골 밑으로
쇄도(롤)하는 게
유일한 옵션이란 말이지.

결국 둘 다 골 밑에 모여서
코트가 좁아지니까
방금처럼 임승대한테
**겟 투가 돼버리는 거야.

**수비 한 명이 공격자 둘을 수비하는 것.

공태성도
슛이 없는 건 마찬가지니까
여차하면 노수민까지
헬프 올 수도 있고.

골 밑이 너무
빡빡해.

인석이였으면
그냥

나와서
장거리슛(픽앤팝)
때렸을 텐데.

돌파
방향이요.

그래서
알아낸 게 뭔데?

가운데로
드라이브인하는
비율이 높아요.

물론, 방금은 운이 조금 따랐던 거고…

가끔이지만 반대로 가는 경우도 있고

갑자기 점퍼를 떤진다거나 후속 동작이 나온다거나 할 수도 있는 만큼

결정적인 해결책이 되진 못하겠지만

그래도 어느 정도

효율은 낮출 수 있을 거예요.

파고든다!

없다!

리바!

나이스!

수비 좋았어!

칫…!

백코트!

07 : 53

장도고   지상고

3

49 : 34

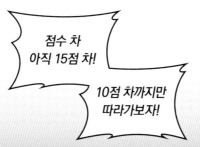

점수 차
아직 15점 차!

10점 차까지만
따라가보자!

이제부터

조금

**비겁하게
해볼게.**

아아앙~

19화

GARBAGE TIME

나이스!

07 : 28

장도고   지상고

3

51 : 34

최종수
수비 숲 사이를
비집고 득점!

점수 차는
다시 17점!

비, 비겁하다!

'인간 비겁함!'
'비겁함의 화신!'

망할…

이제 막을 수 있을 줄 알았는데

고작 1페이즈 끝난 거였냐고…!

승대!

7번 숫 너무 의식하지 마!

아다리로 몇 개 넣고 너 밖으로 끌어내려는 거야!

숫이 있었으면
진작 던지고도
남았다고!

과연 그게
끝인 건가…?

이현성…

대체 무슨
속셈인 거냐…?

옘병
조졌다…!

완벽히
간파당했다…!

아다은이
대퇴흉돌…거기
안좋아가슈팅할때
쫌불편하기는한갑네
원래노마크챤스는
그물도안스치는데ㅎ

다시
이 대 이!

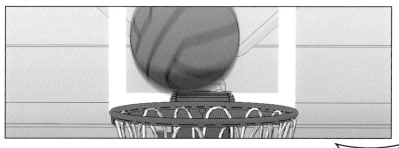

축구를
관뒀다.

슬픈 사연이
있었으면
덜 슬펐을까.

그냥 축구를
심하게 못했다.

기본기 부족에

왼발도
전혀 못 썼고

190

급하게 용병 한 분 모십니다

장소 – 수림중학교 운동장
시간 – 오후 3시

가능하신분 아래 연락처로 연락 부탁드립니다
시시대적하계습니다

고치기 힘든
나쁜 습관만
잔뜩 갖고 있었다.

191

농구는 축구랑
꽤 비슷하다.

붙으면 드리블 돌파,
떨어지면 중거리슛.

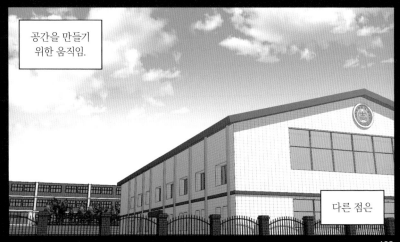

공간을 만들기
위한 움직임.

다른 점은

축구만큼
재밌지는
않다는 거.

김다은!
나이스!

축구는 한 골만 넣어도
다 같이 달려들어서
기뻐해주는데…

뭐,
농구에서 한 골은
그냥 수십 점 중에
2점이니까.

그럭저럭

괜찮은

대체재

였다.

그래도
이번엔

똑같은 실수는
하지 말아야지.

기초부터

차근차근.

왼손도,
오른손도
골고루.

절대로

나쁜
습관이

만들어지지
않게.

오,

—오오오옷!!!

나,
나이스 샷!!!

07 : 05

장도고   지상고

3

51 : 36

점수 차
다시 15점 차로
유지!

저 7번…

계속 보니까
슛 줄기가 괜찮은 거
같기도 하고…

체크해야 하나…?

글쎄…

198

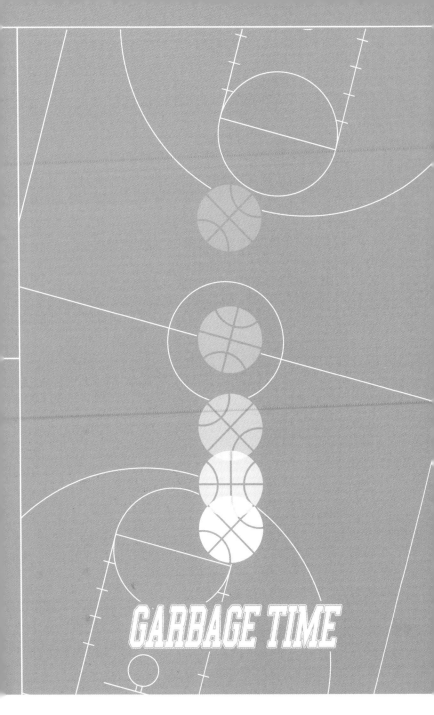

GARBAGE TIME

GARBAGE TIME

엔트리패스
들어갔다!

찬스!

3점!

나이스!

이규 3점 한 개 추가 적립!

06 : 51

장도고   지상고

3

점수 차가 줄지를 않아!

54 : 36

하 씨 개같네 진짜….

죄, 죄송합니다….

JISANG 31

니 말고 등신아!

가, 감사합니다….

206

자, 집중!

수비 하나!

7번은

계속 미드레인지 점퍼를 옵션으로 활용할 생각인가?

두 번의 오픈 찬스를
날려 먹은 건 사실이지만
슈팅의 질 자체는
나쁘지 않았다고 본다.

하지만, 만약
미드레인지 게임이
가능하다면 왜 여태껏
보여주지 않았던 거지…?
('~')?

비슷한 시기에
농구부에 들어온
태성이와 비교했을 때

기술적인 면에서,
다은이의 성장 속도가
빨랐다는 것은
전해 들었다.

이는 슈팅력에서도
마찬가지.

점프슛 연습 중
보여준 성공률도
준수했고

실전 상황에서도,
구력에 비해 꽤나
준수한 자유투 성공률을
보여주고 있는 것 또한
이를 뒷받침한다.

다만 자유투 성공률과
점프슛 성공률이 항상
비례하는 것도 아이고

연습 슈팅과
실전에서의 슈팅은
큰 차이가 있기에

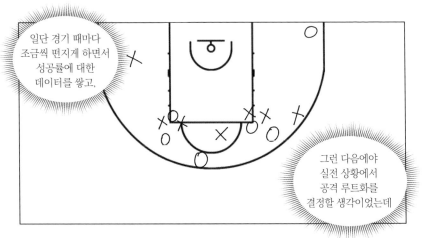

일단 경기 때마다
조금씩 떤지게 하면서
성공률에 대한
데이터를 쌓고,

그런 다음에야
실전 상황에서
공격 루트화를
결정할 생각이었는데

아직 시도 수가
적어갖고 데이터가
충분하지는 않지만

오늘은 상황이
상황인지라

이 정도 도박도
해보지 않으면은

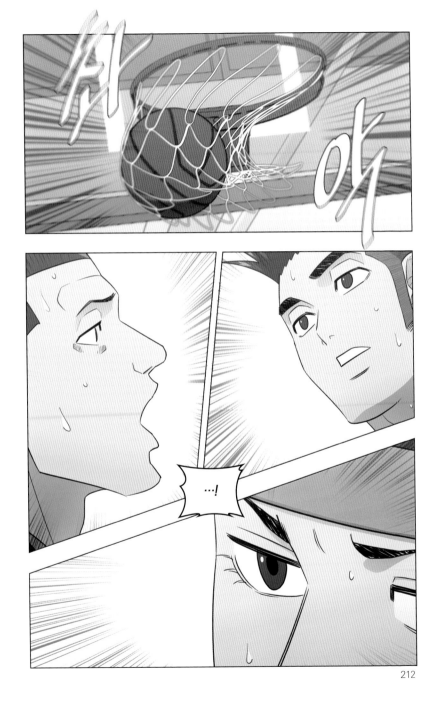

212

하나.

!?

올라가!

악!

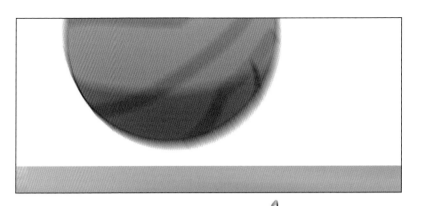

어…?

GARBAGE TIME

SEASON-4

21화

GARBAGE TIME

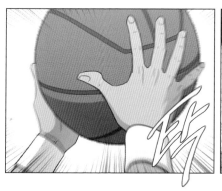

찬스!

234

…?

아는데?

아는…구나….
(._.)

……
('-')

이야…

방금은 완전히
득점 찬스인 줄
알았는데

노수민이 혼자서
이 대 일 상황을
무마시켰어.

236

역시
노수민이야.

근데 방금은
최종수랑 임승대
수비가 꼬인 거
같은데….

김다은의 점퍼를
의식하기 시작했어.

그 전처럼
오버로 수비를 했다간
진재유의 돌파와
김다은의 점퍼를
동시에 견제하기 힘드니

수비 형태를
바꿀 생각이었던
모양인데

그렇게 슬라이스(언더)했다간 진재유한테 3점 맞아. 쟤 풀업 던질 줄 안다고.

아니면 혹시—

—7번 막을 자신이 없는 건가?

뭐?

아님 말고.

됐다. 니 마음대로 한번 해봐.

그리고

걱정해야
할 건

내가 아니라
너일걸?

종수의
개인 능력을 활용한
공격이 평소보다
효율이 안 나오는
느낌인데…

턴오버도 꽤 있고

종수 컨디션
문제인 건지…

아니면

241

저 녀석
때문인 건지.

뭐
일단은
이제부터

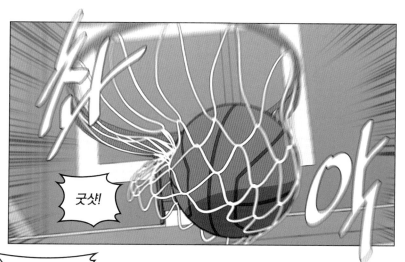

스위치!

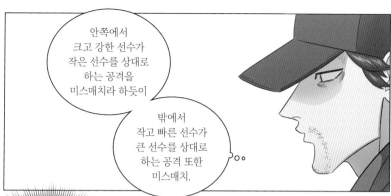

안쪽에서 크고 강한 선수가 작은 선수를 상대로 하는 공격을 미스매치라 하듯이

밖에서 작고 빠른 선수가 큰 선수를 상대로 하는 공격 또한 미스매치.

물론 핸들링과 슈팅 능력을 갖춰야 하는 후자 쪽의 난이도가 조금 더 높은 편이긴 하지만

190이 넘는 최상급 수비수 최종수보단 임승대 쪽을 공략하는 게 낫다는 판단인 거 같은데…

문제는

과연…

스탭백!

어어어
재유야!

251

05 : 47

장도고　　지상고

3

56 : 41

17권에서 계속

GARBAGE TIME

가비지타임 16

초판 1쇄 인쇄 2024년 9월 1일
초판 1쇄 발행 2024년 10월 15일

지은이 2사장
펴낸이 김선식

부사장 김은영
제품개발 정예현, 윤세미 **디자인** 정예현, 정지혜(본문조판)
웹툰/웹소설사업본부장 김국현
웹소설팀 최수아, 김현미, 여인우, 이연수, 장기호, 주소영, 주은영
웹툰팀 김호애, 변지호, 안은주, 임지은, 조효진
IP제품팀 윤세미, 설민기, 신효정, 정예현, 정지혜
디지털마케팅팀 지재의, 박지수, 신현정, 신혜인, 이소영, 최하은
ㄷ자일팀 긴선민, 긴그긴
저작권팀 윤제희, 이슬
재무관리팀 하미선, 권미애, 김재경, 윤이경, 이슬기, 임혜정 **제작관리팀** 이소현, 김소영, 김진경, 박예찬, 이지우, 최완규
인사총무팀 강미숙, 김혜진, 지석배, 황종원 **물류관리팀** 김형기, 김선민, 김선진, 전태연, 주정훈, 양문현, 이민운, 한유현

펴낸곳 다산북스 **출판등록** 2005년 12월 23일 제313-2005-00277호
주소 경기도 파주시 회동길 490
전화 02-704-1724 **팩스** 02-703-2219 **이메일** dasanbooks@dasanbooks.com
홈페이지 www.dasan.group **블로그** blog.naver.com/dasan_books
종이 더온페이퍼 **출력·인쇄·제본** 상지사 **코팅·후가공** 제이오엘엔피

ISBN 979-11-306-5622-9 (04810)
ISBN 979-11-306-5621-2 (SET)